४ एवं ८ का रहस्य

साथ में अन्य अंको की जानकारी

असीम शर्मा

First Published in April 2023

ISBN: 978-93-5741-600-9

BLUEROSE PUBLISHERS
www.BlueRoseONE.com
info@bluerosepublishers.com
+91 8882 898 898

Cover Design:
Muskan Sachdeva

Distributed by: BlueRose, Amazon, Flipkart

परिचय

अंक शास्त्र भी एक विज्ञान

पृथ्वी पर जब भी कोई प्राणी जन्म लेता है उस समय आकाश मंडल में भ्रमण कर रहे विभिन्न ग्रहो की राशियां उस पर अपना स्थायी प्रभाव अंकित कर देती है । यद्यपि दैनिक ग्रह गति भी प्रत्येक प्राणी को न्यूनाधिक रूप में प्रभावित करती रहती है। तथापि जन्मकालीन ग्रह स्थिति का प्रभाव आजीवन अपना परिणाम प्रदर्शित करता रहता है। परंतु अंको का प्रभाव इससे हट कर है । उसका चित्रण शुरू में ही दिख जाता है । मैने अपने अनुभवों एवं खोजो के द्वारा संपूर्ण 1 से 9 अंक का चरित्र चित्रण किया है । इसमें व्यक्ति को 50 प्रतिशत गुणदोष तो मिलेगा ही। मैने 1 से 9 तक सभी अंको में सिर्फ 4 एवं 8 को छोडकर पूरा अंको का चरित्र चित्रण किया है। 4 एवं 8 चूंकि रहस्यमयी अंक है इसलिए इनको एक साथ अलग से चित्रण किया है। आशा ही नही अपितु पूर्ण विश्वास है कि यह पुस्तक एवं उसका विषय आप लोगो को संतुष्ट करेगी एवं कुछ न कुछ उपयोगी सिद्ध होगी ।

असीम शर्मा

बी. ई. मेकेनिकल (चार्टर्ड इंजीनियर)

(व्हाट्सअप) मो. 6232597933,

7470343300, 7724931544

मनुष्य जीवन पूरा रहस्यों से भरा हुआ है उन्ही बहुत से रहस्यों में से एक है अंको का रहस्य जो जन्म से लेकर मृत्यु तक साथ रहता है जब मनुष्य जन्म लेता है तो प्रत्यक्ष रूप से दो शक्तियों का प्रभाव उस पर पडता है। सूर्य या चंद्रमा। सूर्य का प्रभाव दिन में जन्म लेने पर पडता है एवं चंद्रमा का प्रभाव रात में जन्म लेने पर पडता है। पर इसके अतिरिक्त कुछ और शक्तियां है जिसका प्रभाव उस पर सबसे ज्यादा पडता है और आजीवन साथ साथ चलता है वो है अंक का प्रभाव अंको का प्रभाव तुरंत दिखता है राशि या ग्रहों को तो पंचांग या कम्प्युटर में देखना पडता है परंतु अंक सामने दिखते है। यह ठीक ऐसा है जैसे किसी व्यक्ति के आप घर जाते इमारत या बिल्डिंग को देखकर व्यक्ति के घर के मुख्य दरवाजे पर पहूचने पर पूरी आर्थिक स्थिति के बारे में 50 प्रतिशत तो पता चल जाता है वैसे ही किसी का जन्म होता है तो अंको से उसके बारे में कुछ तो पता चल जाता है बाकि उसकी कुंडली से पता चलता है। जिस प्रकार मनुष्य जीवन नवग्रह में समाहित है। उसी प्रकार से मनुष्य जीवन में अंको की बहुत बडी भूमिका है सभी अंको की अपनी विशेषता है सबके अपने अपने गुण अवगुण है अपने अपने रंग है।

इसलिए शुरूआत करते है 1 से ....

विषय सूची

अंक 1 में जन्में

जैसे   10 -> 1+0=1

           19 -> 1+9=10=1+0=1

           28 -> 2+8=10=1+0=1

इस अंक का स्वामी सूर्य है सूर्य को ग्रहो मे राजा भी कहां गया है इसलिए 1 अंक को राजा की संज्ञा देना चाहूँगा। यह सभी अंको में सबसे प्रमुख है। यह अंक राजा, रईस, अधिकारी, जौहरी, बहुत बडे व्यापारी एवं शीर्ष राजनेता या राजनीति के क्षेत्र प्रतिनिधित्व करते है।

यह किसी भी मामले में समझौता पसंद नही करते, दंभी होते है, रहन, सहन तौर तरीका राजसी होता है।

इसका प्रभाव तांबे और सोने में भी बहुत है । इसका रंग लाल या गुलाबी है जिनका जन्म 1, 10, 19, 28 तारिख को हुआ है वो इनके प्रभाव में रहता है ।

इससे प्रभावित व्यक्ति प्रभावशाली होते है इनको ज्यादा संघर्ष नही करना पड़ता है अपने आप ही मंजिल मिलती जाती है। ये अपने जीवन में कुछ न कुछ स्थान जरूर प्राप्त करते है। समाज में प्रसिद्ध होते है। एक बार अपने कैरियर में सर्वोच्च पर पहुचते है। इनके पास कभी भी धन की कमी नही रहती है । बहुत तेज तर्रार होते है एवं किसी भी क्षेत्र में शीर्ष स्थान में रहते है ।

भाग्यशाली रंग	-	लाल, पीला एवं केसरी रंग
खराब रंग	-	नीला एवं काला
मित्र अंक	-	2 3 एवं 9

सम अंक	-	5, 6, 7
शत्रु अंक	-	8
खराब तारीख	-	8, 17, 26
खराब दिन	-	शनिवार, शुक्रवार
महत्वपूर्ण शुभ वर्ष	-	19, 28, 37, 46 की उम्र

शारीरिक परेशानी जैसे नेत्र रोग हृदय रोग मस्तिष्क रोग उदर रोग।

भाग्यशाली दिन जैसे रविवार गुरूवार एवं मंगलवार हर माह की 1, 10, 19, 28 तारीख उस पर अगर यह तारीख भाग्यशाली दिन में आए तो अति उत्तम है।

कुछ प्रसिद्ध व्यक्ति जैसे:-

बिल गेटस (विश्व धनाड्य)	-	28 अक्टूहर
एलन मस्क (विश्व धनाड्य)	-	28 जून
धीरू भाई अम्बानी	-	28 दिसम्बर
रतन टाटा (शीर्ष व्यापारी)	-	28 दिसम्बर
रामनाथ कोविंद (पूर्व राष्ट्रपति)	-	10 अक्टूबर
सुंदर पिश्राई (गूगल सी ई ओ)	-	10 जून
दिग्विजय सिंह (राजनेता)	-	28 फरवरी
राहुल गांधी	-	19 जूलाई
इंदिरा गांधी	-	19 अगस्त
स्व. माधवराव सिंधिया	-	10 मार्च
ज्योतिरादित्य सिंधिया	-	01 जनवरी
मुकेश अम्बानी	-	19 अप्रैल

नीता अम्बानी	-	01 नवम्बर
पी.व्ही. नरसिम्हा राव	-	28 जून
वेंकैया नायडू	-	01 जूलाई

<u>विशेष प्रभाव</u> - जब सूर्य अपने उच्च राशि मेष में रहता है या अपनी राशि सिंह में रहता है उस समय विशेष प्रभाव रहता है। यह समय वर्ष में दो बार आता है 15 अप्रैल से 14 मई एवं 15 अगस्त से 14 सिंतम्बर, सूर्य उच्च राशि मेष में 15 अप्रैल से 14 मई सूर्य अपनी राशि सिंह में एवं 15 अगस्त से 14 सिंतम्बर इस समय में एक अंक वाले कुछ न कुछ जरूर प्राप्त करते है। समय उनके अनुकूल रहता है। मन खुश रहता है उत्तेजित रहता है।

अंक 2 में जन्में

जैसे   11 -> 1+ 1= 2

20 -> 2+ 0= 2

29 -> 2+9=11=1+1=2

इस अंक का स्वामी चंद्रमा है चंद्रमा को ग्रहो में रानी का दर्जा प्राप्त है। एक अंक के जैसे ही यह भी सभी अंको में प्रमुख है जितना शक्तिशाली राजा होगा उसकी रानी भी वैसे ही या उससे ज्यादा शक्तिशाली होगी। इनके पास धनसंपदा एवं ऐश्वर्य 1 अंक से ज्यादा रहता है कम कभी नही रहता क्योंकि इसे रानी कहा गया है ।

इनकी भावना चंचल होती है, अस्थिरतर विचारधारा होती है।

यह अंक भी राजा रईस प्रसिद्ध राजनेता प्रसिद्ध गुणवान स्त्री, जल, श्वेतवस्त्र या श्वेत चीजें एवं शराब का कारोबार।

इसका प्रभाव चांदी में ज्यादा रहता है उससे जुडे लोग भी रोमांटिक एवं सौदर्य प्रेमी भोग विलासी होते है। अधिकांश प्रेम प्रसंग होता है परंतु अधिकांश असफल होते है।

जिनका भी जन्म 2, 11, 20, 29 तारीख को हुआ है वो अनके प्रभाव में रहते है ।

इससे प्रभावित व्यक्ति भी प्रसिद्ध होते है क्योकि राजा प्रसिद्ध है तो रानी को तो होना ही है। इनके पास भी धन की कमी नही रहती। भावुक किस्म के और सौम्य स्वभाव के होते है।

भाग्यशाली रंग	-	सफेद और नीला
खराब रंग	-	हरा
मित्र अंक	-	1, 6, 3, 7
शत्रु अंक	-	4, 5,
सम अंक	-	9, 8
खराब दिन	-	बुधवार
खराब तारिखें	-	5, 14, 23
महत्वपूर्ण शुभ वर्ष	-	20, 29, 38, 47 की उम्र
भाग्यशाली दिन	-	सोमवार गुरूवार हर माह की 2, 11, 20 एवं

29 तारीख अगर ये तारिखें भाग्यशाली दिन में आए तो अति उत्तम है।

| शारीरिक व्याधि | - | गले का रोग, श्वास, छाती के रोग |

कुछ प्रसिद्ध व्यक्ति जैसे :-

द्रौपती मुर्मू (राष्ट्रपति)	-	20 जून
प्रणव मुखर्जी (पूर्व राष्ट्रपति)	-	11 दिसम्बर
ओशो रजनीष (विश्वप्रसिद्ध उपदेशक)	-	11 दिसम्बर
दिलीप कुमार	-	11 दिसम्बर
राजीव गांधी (नेता)	-	20 अगस्त
अमिताभ बच्चन (अभिनेता)	-	11 अक्टूबर
महात्मा गांधी (राष्ट्रपिता)	-	02 अक्टूबर
लाल बहादूर शास्त्री (नेता)	-	02 अक्टूबर
शाहरूख खान (अभिनेता)	-	02 नवंबर
अजय देवगन (अभिनेता)	-	02 अप्रैल

कपिल शर्मा (अभिनेता)	-	02 अप्रैल

चंद्रबाबु नायडु (नेता)	-	20 अप्रैल

टीना अम्बानी	-	11 फरवरी

अंक 3 में जन्में

जैसे   12-> 1+2=3

            21-> 2+1=3

            30-> 3+0=3

इस अंक का स्वामी गुरू यानि ब्रहस्पति है। गुरू को मंत्री का दर्जा प्राप्त है। यह ज्ञान विद्ववता का कारक है। अच्छे परामर्शदाता सामाजिक ज्ञान के क्षेत्र में ये बहुत आगे रहते है। गुरू का वाहन हाथी है जो समृद्धि और वैभव के प्रतीक है धर्म के प्रति निष्ठावान और शुरूआत में संघर्षशील होते है इस अंक से जुड़े अधिकांश लोगों के जीवन में स्थायित्व ज्यादातर 30 वर्ष की उम्र के बाद आता है। धन संपत्ति पद प्रतिष्ठा 30 वर्ष के बाद आता है। इस अंक वालों की किसी से मतभेद बहुत कम रहता है। इनके विवाह एवं वैवाहिक जीवन मे कुछ परेशानी रहती है, ये किसी से दुश्मनी नही करते यदि मित्रता होगी तो बडी निष्ठा से निभाते है। कूटनीति से रहते है। जिनका जन्म 3, 12, 21 एवं 30 को हुआ है वो इनसे प्रभावित रहते है।

पारिवारिक माहौल में इनके ऊपर सबसे ज्यादा जिम्मेदारी होती है।

संतान के विषय में इस अंक वालों को अक्सर चिंतित देखा गया है।

भाग्यशाली रंग	-	पीला, लाल, सफेद
खराब रंग	-	हरा
मित्र अंक	-	4, 6, 8
सम अंक	-	1, 2, 3, 7, 9
खराब अंक	-	5

भाग्यशाली दिन	-	गुरूवार, रविवार एवं शुक्रवार
खराब दिन	-	कोई नही
महत्तपूर्ण शुभ वर्ष	-	30, 39, 48 की उम्र

नोट:

एक विशेष बात देखी गई है कि इस अंक के साथ हमेशा के लिए 4 या 8 से संबंधित व्यक्ति या कुछ भी जुड जाता है। जैसे घर लेंगे तो 4, 13, 22, या 8, 17, 26 या शादी करेंगे तो 4, 13, 12 या 8, 17, 26 या संतान 4, 13, 22 या 8, 17, 26 वाले से इनका संबंध हो जाएगा और जीवन भर साथ रहता है।

शारीरिक परेशानी - पेट के रोग पैर के रोग एवं छाती रोग।

कुछ प्रसिद्ध व्यक्ति जन्म की तारीख जैसे:-

शरद पवार	-	12 दिसंबर
करीना कपूर (अभिनेत्री)	-	03 मार्च
गोविंदा (अभिनेता)	-	03 दिसम्बर
अब्राहम लिंकन	-	12 फरवरी
स्वामी विवेकानंद	-	12 जनवरी
शंकर महादेवन	-	03 मार्च
अंजना ओम कश्यप (न्यूज ऐंकर)	-	12 जून
करूणानिधि (राजनेता)	-	03 जून

अंक 5 में जन्में

जैसे   14-> 1+4 = 5

             23-> 2+3 = 5

इस अंक का स्वामी बुध यानि मरकरी है। इसको वाणी माना गया है। कहीं न कहीं इनकी वाणी आकर्षित करती है या तो अच्छा भाषण देंगे या तो कुछ बहुत अच्छे से अनुवाद करेंगे या अच्छा उपदेश देंगे या अच्छा लेखन या निर्देशन करेंगें। । बहुत से अच्छे शिक्षक, डॉक्टर, व्यवसायी, वैज्ञानिक, खिलाडी, बीमा कार्य, डाकतार आदि कार्यों में दक्ष होते हैं । बहुत उम्दा स्तर का जीवन इनको पसंद है जो बहुत संघर्ष के बाद मिलता है। ज्यादातर प्रेम प्रसंग होते हैं परंतु असफल होते हैं। वैवाहिक जीवन सुखमय नही होता, मिजाज रोमांटिक होता है । कई बार इनको आजीवन अविवाहित देखा गया है। इनको भाई का सुख नही होता है । इनमें धीर-धीरज होता है, किसी भी निर्णय या कार्य को सोच समझ कर लेते है । ज्यादातर इनको आलस्य, गुप्तरोग, नेत्ररोग, वात रोग, सिर दर्द रहता है। ये नशे के आदी होते हैं। किसी सामाजिक या धार्मिक संस्था से जुडे रहते हैं या मुखिया होते है, मौका पडने पर अच्छा शासन भी करते हैं ।

इससे प्रभावित व्यक्ति हमेशा हसमुख स्वभाव के होते है। मजाक आदि करने में इनको अच्छा लगता है।

भाग्यशाली रंग	-	हरा, नीला, बैगनी
खराब रंग	-	लाल, गुलाबी, संतरा
मित्र अंक	-	6, 4, 1

| सम अंक | - | 3, 7 |
| खराब अंक | - | 9, 2 |

9 विशेष खराब अंक होता है

9, 18, 27 इस अंक वालो से मतभेद रहता है।

भाग्यशाली दिन	-	बुधवार एवं शुक्रवार
खराब दिन	-	मंगलवार (विशेष) एवं शनिवार
महत्वपूर्ण शुभ वर्ष	-	23, 32, 41, 50 की उम्र

कुछ प्रसिद्ध व्यक्ति जन्म की तारीख जैसे:-

जवाहरलाल नेहरू	-	14 नवम्बर
बाबासाहेब अंबेडकर	-	14 अप्रैल
राज कपूर	-	14 दिसम्बर
विराट कोहली	-	05 नवम्बर
शिवराज सिंह चैहान (वरिष्ठ राजनेता)	-	05 मार्च
योगी आदित्यनाथ (वरिष्ठ राजनेता)	-	05 जून
भूपेश बघेल (वरिष्ठ नेता)	-	23 अगस्त
अभिषेक बच्चन (अभिनेता)	-	05 फरवरी
काजोल (अभिनेत्री)	-	05 अगस्त

अंक 6 में जन्में

जैसे   15-> 1+5 =6

          24-> 2+4 =6

जिनका भी जन्म 6, 15, 24 को हुआ है वो इससे प्रभावित रहते है। इस अंक का स्वामी शुक्र है श्वेत वस्त्र, युवा अवस्था वाली स्त्री, जल, तत्व एवं घुंघराले केश, गोरा रंग कफ प्रकृति संगीतज्ञ, चित्रकार, कला, धन, ऐश्वर्य, विवाह, प्रेम आदि आयेगें। ज्यादातर पैतृक धन होता है। जीवन को अच्छे से जीते हैं और बहुत ज्यादा दूसरों की परवाह नही करते सिर्फ अपने सुख एवं आनंद की सोचते हैं । ज्यादातर स्त्री एवं पुरूष गौर वर्ण के होते है। इस अंक के प्रभाव वाले जीवन में 24 से 28 वर्ष के बीच महत्वपूर्ण शुभ प्रभाव प्रकट करता है और इसी बीच यह लोग कुछ न कुछ प्राप्त करते हैं ।

इनको इनके पिता से असंतोष ज्यादातर देखा गया है। कई बार बहुत मतभेद रहता है।

भाग्यशाली रंग	-	नीला, सफेद, काला
खराब रंग	-	नारंगी, लाल, गुलाबी
मित्र अंक	-	5, 4, 8
सम अंक	-	3, 2
खराब अंक	-	1, 7, 9
भाग्यशाली दिन	-	शुक्रवार एवं बुधवार
खराब दिन	-	मंगलवार एवं रविवार
महत्वपूर्ण शुभ वर्ष	-	24, 33, 42, 51 की उम्र

<u>कुछ प्रसिद्ध व्यक्तियों के नाम जैसे</u>

1. ए. आर. रहमान   -   06 जनवरी

2. कपिल देव   -   06 जनवरी

3. माधुरी दीक्षित   -   15 मई

4. अनिल कपूर   -   24 दिसम्बर

5. मायावती (बसपा नेत्री)   -   15 जनवरी

6. डा. रमन सिंह   -   15 अक्टूबर

7. प्रताप भानू शर्मा   -   06 मार्च

जीवन में 15, 24, 33, 42, 51 यादगार शुभ कहे जा सकते हैं

अंक 7 में जन्में

जैसे   16-> 1+6 =7

            25-> 2+5 =7

जिनका जन्म 7, 16 और 25 को हुआ है वे इस अंक से प्रभावित रहते हैं। इस अंक का स्वामी केतू है। इस अंक वाले कुछ सनकी तुनक मिजाज और मूड़ी होते हैं। यह लोग औपचारिकता नही करते। इनको यदि कुछ अच्छा नहीं लगता तो यह लोग व्यक्त कर देते हैं। इसके अलावा उनके पास भी ज्यादातर अपने पुरूषार्थ का धन होता है। बहुत संघर्ष करते हैं लेकिन जीवन में बहुत उतार चढाव भी देखते हैं। बचपन ज्यादातर संघर्षमय रहता है परंतु मध्यावस्था बहुत अच्छी हो जाती है। इनको संतान सुख पूर्ण नही मिलता कहने का तात्पर्य संतान या तो पुत्री होगी या तो पुत्र होगा तो वो सुख नही देगा। मन संतान के मामले में चिंतित रहता है। व्यवसाय की बात करें तो ज्यादातर स्वतंत्र व्यवसाय करते हैं। बडे स्तर के व्यावसायिक होते हैं। इनको अपने भाई बहनों में से किसी एक से वैसा सहयोग नही मिलता जैसे ये चाहते हैं। कुछ हद तक उनसे मन दुखी रहता है। इस अंक वाले शासन नही कर पाते। राजनीति में बहुत कम होते हैं।

इनको स्नायु रोग, चर्म रोग, हाथ, पाँव की बीमारियां, कुष्ठरोग होते है।

भाग्यशाली रंग   -   लाल, गुलाबी, सफेद

खराब रंग   -   काला, नीला

मित्र अंक   -   2, 7, 9

सम अंक   -   1, 3, 6, 4

| शत्रु अंक | - | 5, 8 |

शत्रु अंक - 5, 8

खराब दिन - बुधवार एवं शनिवार

भाग्यशाली दिन - सोमवार मंगलवार एवं रविवार

महत्वपूर्ण शुभ वर्ष - 25, 34, 43, 52, की उम्र

कुछ प्रसिद्ध व्यक्तियों के नाम

1. रंजीत रंजन (राज्य सभा सदस्य) - 16 जनवरी

2. अनुपम खेर (अभिनेता) - 07 मार्च

3. जीतेंद्र (कलाकार) - 07 अप्रैल

4. सैफ अली खान - 16 अगस्त

5. अरविंद केजरीवाल - 16 अगस्त

अंक 9 में जन्में

जैसे   18-> 1+8=9

                 27-> 2+7=9

जिनका जन्म 9, 18 एवं 27 को हुआ है इस अंक का स्वामी मंगल है। मंगल को पराक्रम माना गया है। यह लोग साहसी पराक्रमी उग्र स्वभाव क्रोधी दृढता वाले होते हैं। अपने पुरूषार्थ से सफलता पाने वाले इनके जीवन में भाई बहन की भूमिका महत्वपूर्ण होती है। ज्यादातर मामलों में आपस में प्रेम देखा गया है। इनको भी सफलता बहुत संघर्ष से मिलती है। लाल रंग, सेना, पुलिस एवं शल्यक्रिया कृषि इससे इनका संबंध रहता है। पेट, पीठ, नाक, कान और फेफडे की समस्या हो सकती है। इस अंक के अंतर्गत 9, 18, 27 से प्रभावित लोग आते है

इस अंक के साथ एक विशेष बात जुडी हुई है इसे जिससे भी जोडो बदले में वह अंक आ जाता है।

9+1= 10=1+0=1

9+2= 11=1+1=2

कहने का मतलब यह लोग जिनके भी साथ जुडते हैं उनमे शामिल होने का प्रयास करते हैं।

सौर मंडल में भी 9 ग्रह हैं 27 नक्षत्र हैं। जिनका योग भी 2 $ 7त्र9 होता है। इस लिए यह अंक शुभ अंक भी माना जाता है।

भाग्यशाली रंग	-	लाल, गुलाबी
अशुभ रंग	-	काला, हरा
शुभ अंक	-	1, 2, 6
सम अंक	-	4
अशुभ अंक	-	8, 5
सम रंग	-	सफेद, बैंगनी
महत्वपूर्ण शुभ वर्ष	-	18, 27, 36, 45

54 की उम्र कुछ प्रसिद्ध व्यक्तियों के नाम

गोपालकृष्ण गोखले (स्वतंत्रता सेनानी)	-	09 मई
महाराणा प्रताप (शासक)	-	09 मई
शशि थरूर (नेता)	-	09 मार्च
जया बच्चन (अभिनेत्री नेत्री)	-	09 अप्रैल
नितिन गडकारी (नेता)	-	27 माई
उद्धव ठाकरे (नेता)	-	27 जुलाई
बॉबी देओल (अभिनेता)	-	27 जनवरी
किरण बेदी (प्रथम महिला पुलिस)	-	09 जून

4 एवं 8 का रहस्य

ये दोनो ही अंक एक ही सिक्के के दो पहलू है । सभी अंको का कोई न कोई स्वामी होता है, जैसे

1 -	सूर्य	2 -	चंद्रमा	3 -	गुरू
4 -	राहू	5 -	बुध	6 -	शुक्र
7 -	केतु	8 -	शनि	9 -	मंगल

शास्त्रों के हिसाब से राहू एवं केतु को छाया (परछाई) माना गया है और यह भी कि छाया का कोई स्वतंत्र अस्तित्व नहीं होता तो राहू को शनि जैसा एवं केतु को मंगल जैसा फल देने वाला माना गया है इसलिए 4 एवं 8 दोनो को एक ही सिक्के के दो पहलू हैं ।

इन सब बातों से पहले हम यह जान ले कि जन्मांक एवं मूलांक या भाग्यांक क्या होता है ।

जैसे 11.10.1942 इसमें

जन्मांक 1+1= 2 होगा

मूलांक 1+1+1+0+1+9+4+2=19=1

यानि जन्मांक 2 मूलांक/भाग्यांक 1

मूलांक को भाग्यांक भी बोलते है ।

4 एवं 8 अंक के साथ एक बहुत महत्वपूर्ण बात यह है कि जिसका भी जन्मांक या मूलांक 4 या 8 होता है उसके जीवन कोई बडी कमी या त्रासदी अवश्य रहती है । ये दोनो ही अंक जीवन में कोई न कोई कमी या दुर्घटना

अवश्य ही देते हैं। ऐसी कमी जिसकी भरपाई नही हो सकती। वो कमी चाहे रिश्ते की हो या चाहे शारीरिक हो जैसे किसी को माता या पिता में किसी एक सुख नही मिलेगा किसी को भाई या बहन का सुख नही मिलेगा या किसी को संतान का सुख नही मिलेगा या पुत्र का सुख नही मिलेगा या किसी के विवाह से संबंधित दुर्घटना घट जायेगी। किसी के एक से अधिक विवाह, गुप्त विवाह, अवैध संतान आदि या आजीवन अविवाहित रहेगा। किसी का कोई अंग भंग होगा आदि। दोनो (4 एवं 8) अंको में एक विभिन्नता है जहां 4 का अंक अचानक बडी

त्रासदी या बडी उपलब्धि देता है वही 8 अंक धीरे धीरे शिखर तक पहुंचाता है। यह लोग ज्यादातर पारिवारिक कम होते है। 4 तो कभी कभी पारिवारिक होते हैं। 8 तो परिवार से कटके एक अलग ही दुनिया में रहते है। लोगों की सेवा जरूर करते हैं उसमे अपना पराया नहीं देखते। ज्यादातर दुखी रहते हैं।

इन दोनों अंको में एक बहुत बडी विशेषता है कि यह दोनो अंक अपने अलावा यानि (4 एवं 8) के अलावा सिर्फ 3 को स्वीकार करते हैं और उससे जुडे रहते हैं। यदि किसी व्यक्ति का जन्मांक या मूलांक 4 एवं 8 हो तो वह उसके जीवन के हर क्षेत्र में हावी रहेगा।

जैसे पहले दिन स्कूल कॉलेज का एडमिशन, नौकरी की तारीख, विवाह की तारीख, निवास स्थान और वाहन का अंक, यहां तक कि सबसे महत्वपूर्ण और अटल सत्य है कि उसकी प्रथम संतान या कोई एक संतान का जन्मांक या मूलांक 4 एवं 8 होगा। इसलिए इस अंक वाले को हर क्षेत्र में इसी अंक को अपनाना चाहिए। इस अंक में अगर जन्म हो तो उसकी सीरिज़ या चेन का घटनाक्रम कैसे होता है वह देखिये ....

भारत की आजादी की तारिख 15.08.1947 है । इसका मूलांक/भाग्यांक 1+5+8+1+9+4+7=35=8 है । इसी 8 मूलांक का नतीजा है कि देश के जीवन में हर महत्वपूर्ण घटनाक्रम 4 या 8 को घटित हुई ।

जैसे 26.11.1949 को भारतीय संविधान बना एवं 26.01.1950 को लागू हुआ।

13.05.1952 को प्रथम लोक सभा का गठन हुआ यहां जन्मांक लोक सभा का 4 एवं मूलांक 8 है।

26.01.1957 को जम्मू कश्मीर का संविधान लागू हुआ इसका जन्मांक 8 मूलांक 8+1+4=4 होता है । वहां वर्षों से क्या स्थिति रही यह किसी से छुपा नही है ।

25.06.1975 को देश में आपात काल लागू हुआ। 25.06.1975 का मूलांक 8 होता है । 1975 का योग भी 4 होता है ।

13.12.2001 को संसद पर हमला हुआ। 26.11.2008 को मुंबई में आतंकवादी हमला।

1993->4   मुंबई मे बम विस्फोट हुआ

2002->4   गुजरात मे गोधरा कांड हुआ

2020->4   देश में करोना महामारी आई

24.03.2020 भारत में प्रथम लॉक डाउन की घोषणा जिसका योग भी 4 होता है।

4 एवं 8 की जन्मतिथि से संयोग किसी भी दूसरे अंक से हो तो सामान्य दुख देता है परंतु जब यही संयोग 4 एवं 8 का विशेषकर 8 का 1 या 9 नम्बर से

योग होगा तो क्षति या नुकसान बहुत होगा एवं आजीवन दुखदायी रहेगा क्योकि विशेषकर 8 कभी भी 1 एवं 9 से मित्रता नही रखता।

उसी प्रकार यदि 4 एवं 8 का संयोग 4 एवं 8 से ही हो तो जीवन में कमी रहते हुए भी उत्साहवर्धक रहता है और उपलब्धि भी होती है।

जैसे पूर्व प्रधान मंत्री **स्व. अटल बिहारी वाजपेयी** जी वर्ष 1996 को प्रथम बार प्रधान मंत्री बने लेकिन ठीक 13 दिन बाद सरकार गिर गयी। अटल जी का जन्म 25.12.1924 को हुआ उनका मूलांक या भाग्यंक 8 था फिर वर्ष 1997 जिसका योग 8 होता है पुनः चुनाव हुए तो अटल जी फिर प्रधानमंत्री बने और 5 वर्ष शासन किया। मैने पहले भी कहा 8 अंक धीर धीरे शिखर तक पहुँचाता है अटल बिहारी जी शुरूआत के दिनों में बहुत तपस्या किए। विवाह नही हुआ तो परिवार नही था और उनका प्रधान मंत्री बनना देश के मूलांक 15+08+1947=8 का उनके जन्म 25+12+1924 का मूलांक=8 से संबंध होना है।

जब 15 अगस्त 1947 को देश आजाद हुआ जिसका मूलांक 8 होता है। किसी अन्य दल को बहुमत नही होने के कारण लंबे समय के लिऐ **स्व. इंदिरा गांधी** जी प्रधान मंत्री बनी जिनका जन्म 19.11.1917 को हुआ उनका जन्मांक 1 भारत की आजादी का मूलांक 8 से शत्रुता रखता है (जैसे की उपर वर्णन है 8 का शत्रु 1 एवं 9) तो आदरणीय इंदिरा गांधी जी के साथ 31.10.1984 को दुर्घटना हो गई।

यही बात आदरणीय **स्व. राजीव गांधी** जी जिनका जन्म 20.08.1944 को हुआ जिनका मूलांक/ भाग्यांक 1 भारत की आजादी की तारीख का मूलांक 8 से शत्रुता है फिर एक दुर्घटना 21.05.1991 को हो गई कहने को मतलब

(4 एवं 8) का (1 एवं 9) से शत्रुता रहती है। इंदिरा गांधी के दूसरे सुपुत्र स्व. संजय गांधी वो भले प्रधानमंत्री नही थे परंतु राजीव गांधी से पहले वो दावेदार थे। उनका जन्म 14.12.1946 को हुआ जन्मांक 5 मूलांक /भाग्यांक 14+12+1946=01 (5 एवं 1) इस 1 मूलांक के चलते फिर एक दुर्घटना 23.06.1980 को हो गया।

2004 में जब कांग्रेस की सरकार केन्द्र में बनी तब आदरणीय **सोनिया गांधी** जिनका जन्म 09 दिसम्बर को हुआ एवं वह यू.पी.ए की चेयर परसन थी इन सभी के बावजूद **डॉ. मनमोहन सिंह** प्रधान मंत्री बने जिनका जन्म **26.09.1932** है जिनका जन्मांक 8 और भारत की आजादी की

तारीख 15.08.1947 का भाग्यांक/मूलांक 8 साथ ही डा. मनमोहन सिंह का मूलांक 5 भी भारत के जन्मांक 6 से मित्रता रखता है इसलिए वह 2 बार प्रधानमंत्री बने और बहुत सफलता पूर्वक शासन किया । उसी प्रकार **आदरणीय नरेंद्र मोदी जी का जन्म 17.09.1950.** को हुआ था। उनका भी जन्मांक 8 होता है भाग्यांक एवं मूलांक 5 होता है । उन्होने 2 बार शासन पूरा कर लिया । अब अगर 2024 के चुनाव मे मोदी जी पुनः प्रधानमंत्री या फिर 22.10.1964 को जन्म 4 जन्मांक वाले अमित शाह प्रधानमंत्री बन जाएं तो आश्चर्य नही होना चाहिये और वो नही तो कोई और 4 एवं 8 वाला ही बनेगा जिसके भारत के जन्मांक एवं मूलांक से संबंध रहेगा।

4 एवं 8 का एक बहुत बडा चमत्कार अमेरिका के पूर्व राष्ट्रपति श्री बराक ओबामा जिनकी जन्म तिथि 04.08.1961 है जन्मांक 4 जिसके चलते वो अमेरिका के 44वें राष्ट्रपति बने एवं 2009 से 2017 तक 8 वर्ष शासन किए।

4 एवं 8 के मित्र अंक प्रथम बार में यह सिर्फ अंक 3 से बहुत जुडा है। 5 एवं 6 से भी मित्रता है परंतु 1 एवं 9 से शत्रुता रहती है।

शुभ दिन	-	शुक्रवार, शनिवार एवं गुरूवार
अशुभ दिन	-	मंगलवार एवं रविवार
शुभ रंग	-	नीला, काला, कत्था, पीला
अशुभ रंग	-	लाल, गुलाबी, नारंगी

जीवन के शुभ वर्ष उम्र के 22, 26, 31, 35, 40, 44, 49, 53, 58, 62। ज्यादातर मामलों में 50 की उम्र के बाद ही जीवन में सफलता मिलती है। वृद्धावस्था अच्छा गुजरता है।

बीमारी - मानसिक रोग, अवसाद, बी.पी., डिप्रेशन विकलांगता आदि।

कुछ प्रसिद्व व्यक्तियो के नाम

1.	अटल बिहारी वाजपेयी	-	25.12.1924
2.	नरेद्र मोदी	-	17.09.1956
3.	धरमेन्द्र (अभिनेता)	-	08.12.1935
4.	प्रकाश राज	-	26 मार्च
5.	अमित शाह	-	22 अक्टूबर
6.	स्व.राजकुमार	-	08 अक्टूबर
7.	सुरेश ओबेराय	-	17 दिसंबर
8.	स्व. मदर टेरेसा	-	26 अगस्त
9.	मेनका गांधी	-	26 अगस्त
10.	स्व. किशोर कुमार	-	04 अगस्त

11.   श्रीदेवी   (फिलम अभिनेत्री)   -   13 अगस्त

12.   अनील अम्बानी   -   04 जून

⚜

4 एवं 8 मारक

यह दोनो अंक जब 1 एवं 9 जन्मांक मूलांक/भाग्यांक से जुड जाऐ तो 4 एवं 8 मारक हो जाता है।

<u>उदाहरण</u> - किसी की जन्म तिथि 08.02.1971 है इनके लिए जन्मांक 8 मूलांक/भाग्यांक   8+2+1+9+7+1=1   होता   है   तो   जन्मांक   8 मूलांक/भाग्यांक 1 (8 एवं 1) यह स्थिति जीवन में कई बडी दुर्घटना देता है। उसी प्रकार 18.10.1978 इनका 18+10+1978 = 8 भाग्यांक मतलब (9 एवं 8) जन्मांक 9 एवं भाग्यांक 8 यही भी जीवन में बडी दुर्घटना का सूचक है उसी प्रकार किसी की जन्मतिथि 10.07.1980 है जन्मांक 1 भाग्यांक/मूलांक 10+7+1980= 8 (1 एवं 8) यहां जन्मांक 1 भाग्यांक 8 यह भी दुर्घटना दायक है ।

उसी प्रकार 04.09.1968 जन्मांक 4 भाग्यांक 4+9+1968=1

यहां जन्मांक 4 भाग्यांक 1 यह भी दुर्घटना दायक है। ठीक इसके विपरीत 01.06.1968 जिसका जन्मांक 1 भाग्यांक 1+4+1968 = 4 यहां भी जन्मांक 1 मूलांक 4

नोट - (1 एवं 8) (8 एवं 1) या (9 एवं 8) (8 एवं 9) जन्मांक 1 मूलांक/भाग्यांक 8 या जन्मांक 8 मूलांक /भाग्यांक 1 जन्मांक 9 भाग्यक 8 जन्मांक 8 भाग्यक 9

यह योग जितना खराब है उतना ज्यादा (1 एवं 4) (4 एवं 1) या (9 एवं 4) (4 एवं 9) नही है।

(1 एवं 8) (8 एवं 1) या (8 एवं 9) (9 एवं 8) इस योग में जन्में व्यक्तियों की जीवन में बहुत त्रासदी झेलना पडता है । परिवार में कोई बडी दुख की घटना हो जाती है। जो कभी भी नही मिटती। जीवन ज्यादातर दुखी रहता है ।

चुम्बकीय त्रिभूज

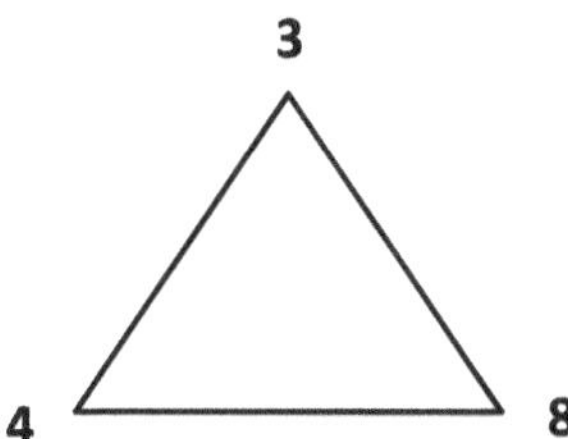

कहने का मतलब (4 एवं 8) का मुख्य जुडाव 3 से होता है। दोनो के जीवन में इसका बहुत महत्व होता है। जैसे जन्मांक या मूलांक 4 है तो उसकी गहरी दोस्ती या विवाह या कोई एक संतान 3 अंक से है। उसी प्रकार जैसे जन्मांक या मूलांक 8 है तो उसकी गहरी दोस्ती या विवाह या कोई एक संतान 3 अंक से है ।

फिर यही सारी बाते 3 अंक में भी लागू होती है ।

सौभाग्यशाली जन्म तिथि

इस विषय पर मै 03 प्रकार की जन्म तिथि पर चर्चा करना चाहूंगा।

01. डायमंड जन्म तिथि

02. गोल्डन जन्म तिथि

03. सिल्वर जन्म तिथि

01) डायमंड जन्म तिथि (1 एवं 2) (2 एवं 1) जिस भी जन्म तिथि को जन्मांक 1 मूलांक 2 पडता हो। सूर्य चंद्र एवं चंद्र सूर्य दोनो का प्रभाव है।

(1 एवं 2)

जैसे 01.01.1971 ज्योतिरादित्य सिंधिया जन्मांक 1 भाग्यांक /मूलांक 1+1+1+9+7+1=20=2 (1एवं 2)

(2एवं1)

जैसे श्री राजीव गांधी 20.08.1944 जन्मांक 2 मूलांक/भाग्यांक 2+0+8+1+9+4+4=1 (2 एवं 1)

ऐसी जन्म तिथियां (1एवं 2) (2एवं 1) का संजोग बनाती हो उसको डायमंड जन्मतिथि कहा जाता है और वह निश्चित रूप से बहुत अधिक तरक्की करते हैं।

एक और डायमंड जन्म तिथि बताना चाहूंगा।

जैसे अमिताभ बच्चन 11.10.1942 जन्मांक 2 मूलांक/भाग्यांक 11+1+1+9+4+2=19=1 (2 एवं 1)

(2) गोल्डन जन्म तिथि ऐसी जन्म तिथि जिसमे जन्मांक= मूलांक/भाग्यांक हो। ऐसी स्थिति में व्यक्ति फर्श से अर्श तक पहुचता है ये 100 प्रतिशत सफल होता है ऐसी जन्म तिथियां बहुत कम होती है।

जैसे धीरूभाई अम्बानी 28.12.1932 (1 एवं 1) जन्मांक 1 मूलांक/भाग्यांक 28+12+1+9+3+2= 1

यह व्यक्ति पेट्रोल पम्प में पेट्रोल डालता था और आज क्या है किसी से छुपा नही है पूरे रिलायंस का साम्रज्य इन्ही का है

डॉ. रमन सिंह पूर्व मुख्य मंत्री छत्तीसगढ़ 15.10.1952 (6 एवं 6) जन्मांक 6 मूलांक/भाग्यांक 15+10+1952=6

इन्होने वार्ड पार्षद से अपने कैरियर की शुरूआत की और 51 वर्ष यानि 6 के अंक में मुख्य मंत्री बने।

शिवराज सिंह चैहान मध्यप्रदेश के मुख्यमंत्री 05.03.1959 (5एवं5) जन्मांक 5 मूलांक/भाग्यांक 5+3+1959=14=5

इन्होने अखिल भारतीय विद्यार्थी परिषद से अपने कैरियर की शुरूआत की और मुख्यमंत्री बने।

(3)सिल्वर जन्मतिथि इस प्रकार की जन्म तिथि जिसमें जन्मांक 1 या 2 हो मूलांक कोई भी अंक हो। मूलांक 1 या दो हो जन्मांक कोई भी अंक हो। जन्मांक 4 एवं मूलांक 8 हो या जन्मांक 8 एवं मूलांक 4 हो ऐसे लोग भी जीवन में बहुत तररकी करते है। कही न कही अपना स्थान बनाते है समाज में प्रसिद्ध होते है।

डॉ. चरणदास महंत 13.12.1954 जन्मांक 4 मूलांक/भाग्यांक 4+3+1=8 जन्मांक 4 एवं मूलांक 8 इन्होने भी बहुत कम उम्र में राजनीतिक सफलताऐं प्राप्त की और केन्द्र सरकार में मंत्री बनें।

जैसे पूर्व मुख्यमंत्री दिग्विजय सिंह 28.02.1947 जन्मांक 1 भाग्यांक/मूलांक 1+2+3=6

अभिनेता धर्मेन्द्र 08.12.1935 (8 एवं 2) जन्मांक 8 मूलांक/ भाग्यांक 8+12+1935=20=2

दुर्घटना कारक जन्म तिथि या कोई बडी कमी

इस विषय को चालू करने से पहले कुछ बातें ध्यान में रखें।

शनि (8) का प्रबल शत्रु मंगल (9) और सूर्य (1)

सूर्य (1) का प्रबल शत्रु सिर्फ शनि (8)

मंगल (9) का प्रबल शत्रु शनि (8) और बुध (5)

बुध (5) का प्रबल शत्रु सिर्फ मंगल (9)

1. (1 एवं 8) या (8 एवं 1)

जिस भी जन्म तिथि में जन्मांक 1 या मूलांक 8 हो या जन्मांक 8 या मूलांक 1 हो

जैसे 10.08.1970 जन्मांक 1 मूलांक/भाग्यांक 10+8+1970=17=8

(1 एवं 8) ये जन्म तिथि आजीवन कोई न कोई दुर्घटना 100 प्रतिशत देती है विशेषकर 46 वर्ष तक घटनाऐं घटती रहती है उसके बाद कुछ स्थायित्व आता है।

जैसे 17.02.1971 जन्मांक 8 मूलांक/भाग्यांक 17+2+1971 =19=1 (8 एवं 1)

यह भी (1 एवं 8) जैसे फल देगा।

2. (8 एवं 9) या (9 एवं 8)

जिनका जन्मांक 8 एवं मूलांक /भाग्यांक 9 हो या जन्मांक 9 एवं मूलांक/भाग्यांक 8 हो जैसे 17.06.1966 जन्मांक 8 मूलांक/भाग्यांक 9

17+6+1966=9 इनके साथ आजीवन कोई न कोई बड़ी दुर्घटना घट जाती है शारीरिक या मानसिक जिसकी भरपाई न हो सके।

जैसे 27.10.1978 जन्मांक 9 मूलांक/भाग्यांक 8 27+10+1978=8 दोनो ही स्थिति में दुर्घटना तो तय है।

3. (5 एवं 9) या (9 एवं 5)

जिनकी जन्म तिथि में जन्मांक 5 मूलांक/भाग्यांक 9 हो या जिनकी भी जन्म तिथि में जन्मांक 9 मूलांक /भाग्यांक 5 हो कहने का मतलब (5 एवं 9) (9 एवं 5) ये स्थिति हो जैसे 05.03.1981 जन्मांक 5 मूलांक/भाग्यांक 5+3+1981=27=9

09.06.1961 जन्मांक 9 एवं मूलांक/भाग्यांक 5 9+6+1961=5 (इनके साथ भी जीवन में कोई बड़ी दुर्घटना घट जाती है एवं यह असफल होते रहते है।

वर्ष के माह में दुर्घटना कारक तिथि

वैसे तो माह मे 30 या 31 दिन होते है वो किसी न किसी कार्य के लिए रहते है व्यक्ति कोई नया कार्य शुरू करने से पहले चाहे वह व्यापार हो शादी हो या कोई भी शुभ कार्य का शुभारंभ हो उसे ज्योतिषियों द्वारा तिथि पंचांग देख कर तिथि निकलवा लिया जाता है लेकिन साल के इन 12 माह में हर माह कोई ऐसी तारिख जरूर होती है जिसमें आप कोई काम पहली बार करेगे तो 100 प्रतिशत फेल हो जायेंगे और वह काम भी भंग हो जायेगा। जैसे अगर रविवार और मंगलवार को जन्मांक या मूलांक/भाग्यांक 8 आए तो उस दिन खराब दिन होता है सभी को कोई न कोई तनाव जरूर होता है। जैसे

08.01.2023 इस दिन का जन्मांक 8 है और रविवार है इस दिन कोई भी नये कार्य की शुरूआत नही करनी चाहिए। जैसे कोई दुकान या व्यावसाय का शुभांरभ या किसी भी कार्य की शुरूआत यह बहुत ही निराशाजनक परिणाम देता है।

किसी भी पंचांग मे तिथि को और नक्षत्र को देखकर पंडित शुभ बोले तो भी अगर रविवार है और 8 जन्मांक या मूलांक/भाग्यांक आता है तो बहुत अशुभ होता है। ध्यान देने के लिए आप आस पास देख सकते है।

इस तारिख में अगर कोई विवाह कर रहा है तो विच्छेद निश्चित है। पहली यात्रा हो तो अड़चन निश्चित है।

17.01.2023 इस दिन जन्मांक 8 और दिन मंगलवार कोई भी कार्य प्रथम बार हो बहुत दुखद परिणाम देगा।

अगर शनिवार को 1 या 9 जन्मांक या मूलांक /भाग्यांक आए तो वही बुरा फल मिलेगा जो 8 के लिए बताया गया है।

जैसे 28.01.2023 इस दिन जन्मांक 1 है और दिन शनिवार है तो निश्चित रूप से दुषित तारीख है। कोई भी कार्य अगर पहली बार शुरू हुआ है तो बन्द अवश्य हो जायेगा।

जैसे 18.02.2023 इस दिन जन्मांक 9 दिन शनिवार को आ गया तो परिणाम बहुत बुरा होगा। जैसे जन्मांक 1 के लिए था।

उदाहरण के लिए 14.05.2023

इस दिन रविवार है। लेकिन जन्मांक 5 तो ठीक है परन्तु मूलांक /भाग्यांक 14+5+2023=8 मतलब 8 मूलांक रविवार को आया यह भी पूर्णतः तनाव देने वाला और नए कार्य में ग्रहण लगाने वाला होता है।

अगर मंगलवार को 5 जन्मांक या मूलांक/भाग्यांक आए तो भी खराब है । जैसे 14.02.2023 इस दिन मंगलवार है तो कोई भी शुभ कार्य के लिए खराब है ।

सारांश

1. रविवार   -   08 जन्मांक/मूलांक की तारीख नहीं आना चाहिए।

2. मंगलवार -   08 एवं 05 जन्मांक/मूलांक की तारीख नहीं आना चाहिए।

3. बुधवार -   09 जन्मांक/मूलांक की तारीख नहीं आना चाहिए।

4. शनिवार -   01 एवं 09 जन्मांक/मूलांक की तारीख नहीं आना चाहिए।

उपरोक्त 01 से 04 तक कोई भी दिन को जन्मांक/मूलांक दिए हुए आये तो वह तारीख में कोई भी कार्य या कोई नया काम पूर्णतः निष्फल होता है। कार्य नष्ट हो जाता है। जैसे उदाहरण किसी ने कोई दूकान या कोई अन्य व्यवसाय उपरोक्त तारीख में प्रारंभ किया तो वह बंद हो जायेगा। यहां तक उपरोक्त तारीखों में अगर किसी का जन्मदिन आये तो वह वर्ष भी खराब जाता है या दुर्घटनादायक होता है।

जीवन का मोड़ या यादगार वर्ष

हर इंसान के जीवन में कोई न कोई मोड़ या यादगार वर्ष होता है । जीवन का पहला मोड किसी के लिए कुछ तो किसी और के लिए कुछ और हो सकता है।

जैसे किसी व्यक्ति के लिए डिग्री मिलना जीवन का पहला मोड़ हो सकता है वही किसी अन्य के लिए नौकरी लगना किसी का विवाह होना ।

जीवन का पहला मोड़ या जीवन का यादगार वर्ष मतलब जीवन उस वर्ष से बदल गया है ।

जैसे किसी का जन्म 02.09.1971 है इसके लिए 1+9+7+1=18

1971+18=1989 मतलब जीवन का पहला मोड़ या यादगार वर्ष कहलायेगा।

इसी प्रकार अगला यादगार वर्ष 1+9+8+9=27

1989+27=2016 एक और यादगार वर्ष ऐसे ही जोड़कर निकाला जा सकता है ।

एक और उदाहरण एक जन्म तिथि 13.12.1954 जीवन का पहला मोड 1+9+5+4=19

1954+19=1973 पहला मोड यादगार वर्ष

1+9+7+3=20

1973+20=1993 दुसरा मोड या यादगार वर्ष

जन्मदिन से अच्छा या बुरा वर्ष निकालना

जिस भी वर्ष में जन्मदिन रविवार या मंगलवार को आये जन्मांक या मूलांक/भाग्यांक 8 आये तो वह वर्ष कोई बहुत बडा नुकसान दे जाता है। जैसे किसी का जन्म दिन 08.06.2023 को आया उस दिन रविवार है तो वह वर्ष उसके लिए बहुत खराब होगा । उसी प्रकार किसी का जन्म दिन 07.03.2023 को आता है तो उस दिन मंगलवार और भाग्यांक/मूलांक 7+3+2+0+2+3=8 तो यह वर्ष उसके लिए खराब जायेगा ।

यहां एक विशेष उदाहरण देना चाह रहा हूँ 26 जनवरी 2020 गणतंत्र दिवस इस दिन जन्मांक 8 रविवार को आया था तो उसी वर्ष भारत में कोरोना नाम की त्रासदी आ गयी ।

उसी प्रकार 26 जनवरी 2021 गणतंत्र दिवस जन्मांक 8 मंगलवार को आया था कोरोना महामारी ने फिर विकराल रूप लिया एवं देश ने बहुत त्रासदी झेली । यही बात हर किसी के जन्म दिन में भी लागू होता है ।

26 जनवरी भारतीय गणतंत्र का जन्मदिन है और 15 अगस्त नए भारत का जन्मदिन है।

आगे भी किसी भी वर्ष में ये दो महत्वपूर्ण राष्ट्रीय त्योहार ऐसे किसी दिन आएंगे तो देश में आपदा आएगी।

जिस भी वर्ष में जन्मदिन शनिवार को आये एवं जन्मांक या भाग्यांक/मूलांक 9 या 1 आये तो भी वह वर्ष खराब जायेगा

उदाहरण 18.03.2023 दिन शनिवार इसमें जन्मांक 9 पूरा वर्ष खराब जायेगा।

08.04.2023 दिन शनिवार इस दिन जन्मांक 8 परन्तु भाग्यांक/ मूलांक 8+4+2+0+2+3=19=1 इसमें भी वर्ष खराब जायेगा।

जिसका जन्मदिन मंगलवार को जन्मांक या भाग्यांक/मूलांक 5 हो वह वर्ष भी खराब जायेगा।

जैसे 14.02.2023 दिन मंगलवार जन्मांक 1+4=5 यह खराब वर्ष कहलायेगा।

जैसे 02.05.2023 इसमें दिन मंगलवार 2+5+2+0+2+3=14=5 भाग्यांक/मूलांक यह वर्ष खराब जायेगा।

सौभाग्यशाली वर्ष

अगर जन्मदिन (जन्मांक) अपने मित्रवार के दिन आये तो वह वर्ष बहुत शुभ फलदायी होता है।

जैसे 01, 19, 28 ये तारिखें रविवार को आये परन्तु मूलाक /भाग्यांक 8 न आये तो वह वर्ष बहुत शुभ फलदायी होता है।

जैसे 2, 11, 20, 29 ये तारिखे सोमवार को आये मूलांक/ भाग्यांक कोई भी अंक आये तो भी वह शुभ फलदायी होगा।

जैसे 03, 12, 21, 30 ये तारिखें गुरूवार को आये और मूलांक/भाग्यांक कोई भी अंक आये तो भी वह शुभ फलदायी होगा।

जैसे 4, 13, 22, 31 ये तारिखें शुक्रवार को आये और मूलांक/भाग्यांक कोई भी अंक आये तो भी वह वर्ष शुभ फलदायी होगा।

जैसे 5, 14, 23 ये तारिखें बुधवार को आये मूलांक/भाग्यांक 9 छोड़कर कोई भी अंक आये तो वह वर्ष शुभ फलदायी होगा परन्तु अगर मूलांक/भाग्यांक 9 आया तो अशुभ फलदायी होगा।

जैसे 6, 15, 24 ये तारिखें शुक्रवार को आये मूलांक/भाग्यांक कोई भी अंक आये तो भी वह वर्ष शुभफलदायी होगा।

जैसे 7, 16, 25 ये तारिखें मंगलवार को आये मूलांक /भाग्यांक 8 न आयें और कोई भी अंक आये तो शुभ फलदायी होगा। अगर मूलांक/भाग्यांक 8 आये तो अशुभ फलदायी होगा।

जैसे 8, 17, 26 ये तारिखे शनिवार को आये परन्तु मूलांक/भाग्यांक 1 या 9 न आये कोई भी अंक आये तो वर्ष शुभ फलदायी होगा। यदि भाग्यांक/मूलांक 1 या 9 आये तो अशुभ फलदायी होगा।

जैसे 9, 18, 27 ये तारिखे मंगलवार को आये और मूलांक/ भाग्यांक 8 न आये तो शुभ फलदायी होगा और यदि 8 आये तो अशुभ फलदायी होगा।

जन्मांक एवं मूलांक/भाग्यांक से महत्वपूर्ण माह जानें

जैसे किसी का जन्म 12.02.1968 को हुआ है इसके लिए जन्मांक 3 मूलांक/भाग्यांक 12+2+1968=2 (3 एवं 2)

इस व्यक्ति के लिए वर्ष का तीसरा महिना यानि मार्च एवं दूसरा महिना फरवरी जीवन में हमेशा महत्वपूर्ण रहेगा।

जैसे किसी का जन्म 25.08.1947 को हुआ है इसका जन्मांक 7 मूलांक/भाग्यांक 9 तो इस व्यक्ति के लिए जीवन में सातवा यानि जुलाई एवं नवमा यानि सितम्बर जीवन में यादगार रहेगा।

जन्मांक एवं मूलांक के जो अंक आते है। वह महिना उनके लिए या तो विवाह होगा या तो नौकरी लगेगी या कोई संतान होगी या नये घर में प्रवेश करेगा ऐसा कुछ न कुछ जीवन में वह महिना यादगार रहेगा।

* 9 7 8 9 3 5 7 4 1 6 0 0 9 *